EDITION
PESTUM

MÄRCHEN-BIBLIOTHEK

Walter Flemmer

Des Bauern schwatzhafte Frau

Ein Märchen

CIP-Kurztitelaufnahme der Deutschen Bibliothek

Flemmer, Walter:
Des Bauern schwatzhafte Frau: e. Märchen /
Walter Flemmer. – München : F. Schneider, 1987.
(Edition Pestum: Märchen-Bibliothek)
ISBN 3-505-09642-3

EDITION PESTUM

8000 München 46 · Frankfurter Ring 150

Titelbild/Illustrationen: Bernhard Oberdieck, Ramerberg
Umschlaggestaltung: Angelika Bachmann, München
Lektorat: Dagmar Kalinke
Herstellung: Gabi König
Satz/Druck: Presse-Druck Augsburg
ISBN: 3 505 09642-3
Bestell-Nr.: 9642

Im alten Rußland lebte vor vielen Jahren in einem Dorf, mitten in den großen Wäldern ein Bauer mit seiner Frau. Sie hatten ein paar Kühe, einen kleinen Acker, aber keine Kinder und brachten sich wie die anderen Bauern im Dorf mehr schlecht als recht durch die Jahre.

Wenn der Winter wieder einmal die Zähne zusammenbiß, daß die Rinde der Birken zu knacken anfing und der Schnee so fest gefror, daß es pulvrig herabschneite, wenn man an die Stämme stieß und man am Morgen auf dem Weg tote, erfrorene Vögel fand, dann brach auch in den Bauernhäusern eine harte Zeit an, und mancher fand im Schuppen neben dem Haus die Kartoffeln erfroren und wie die toten Vögel zu Stein geworden. Auch im Frühjahr und im Herbst mußte man sich dick anziehen, denn nur in den kurzen Sommern wurde es draußen warm.

Eines Tages, es war schon später Nachmittag, und die tiefstehende Sonne warf goldgelbe Strahlen in die kleinen Fenster des Bauernhauses, wartete die Bäuerin wieder einmal auf ihren Mann, der schon am frühen Morgen aufgebrochen war, um Holz im Wald zu holen. Längst hätte er zurück sein sollen, und die Frau machte sich Sorgen um ihn, auch wenn es nicht das erste Mal war, daß er sich verspätet hatte und sie warten ließ. Das Essen verbrutzelte auf dem Herd, und schon dreimal war sie von der Bank aufgestanden, hatte das Strickzeug abgelegt und war zum Fenster gegangen, so, als könnte ihr Blick seinen Heimweg beschleunigen.

Da sitze ich und warte, dachte sie, und stricke ihm dicke, warme Socken, anstatt daß ich zur Nachbarin hinübergegangen wäre, um mit ihr ein Schwätzchen zu halten. Ich hätte die Tür abschließen sollen, damit er einmal so recht zu spüren bekommt, was es heißt, alleine zu Hause zu sein und zu warten. Oh, ich wünsche ihm, daß der kalte Wind ihm um die Nase bläst und er wenigstens ein halbes Stündchen im Freien vor der Türe stehen muß. Ach, aber er würde dann sicher in die Scheune schleichen, würde sich ins Heu werfen und schlafen, bis ich ihn wachrüttele. Seufzend zog sie den Wollfaden nach und nickte mit dem Kopf.

Ich sollte mir weniger Gedanken machen, dachte sie, stand auf und rührte die Kartoffelsuppe im Topf um, die schon ganz dick geworden war.

Da rumpelte es an der Türe. Die Frau hörte, wie Schuhe an die Holzwand gestoßen wurden, und gleich darauf stapfte der Bauer in das Zimmer. Er war ein großer, breitschultriger Mann mit einem gefurchten, kantigen Gesicht, in dem die rötliche Haut glänzte. Der Bauer zog die Kappe vom Kopf und warf sie in die Ecke. Dann schlug er die Hände an den Leib und streckte sich. Er trug eine wattierte Jacke und ging breitbeinig zu einem Schemel, der in der Ecke neben dem Ofen stand. Dort ließ er sich auf den Schemel plumpsen und streckte die Beine weit von sich.

Die Bäuerin wußte, daß dies das Zeichen war, ihm aus den Stiefeln zu helfen, kniete sich vor dem Schemel auf den Boden und begann an dem rechten Stiefel zu ziehen.

»Sind die Beine wieder so angeschwollen, daß sie die Stiefel nicht loslassen wollen?« fragte der Bauer. »Aber ins Bett nimmt auch der fleißigste Bauer die Stiefel nicht mit. Frau, ziehen mußt du, ziehen. Nimm alle Kraft zusammen, und mit einem Ruck wirst du's schaffen.«

Die Frau hockte sich auf die Fersen zurück, biß die Lippen zusammen und sah den Bauern an. Dann packte sie beinahe wütend noch einmal den rechten Stiefel und zog, so fest sie konnte. Das Blut stieg ihr in den Kopf, und sie hielt den Atem an. Dann, mit einem Ruck riß und zog sie den Stiefel so heftig ab, daß sie aus dem Gleichgewicht kam und nach hinten fiel. Wütend warf sie den Stiefel auf den Boden und rappelte sich wieder auf.

»Eigentlich, eigentlich solltest du längst zu Hause sein«, stieß sie schnaufend hervor und blickte den Bauern dabei vorwurfsvoll und angriffslustig an.

»Was heißt längst?« murmelte der Bauer unbeeindruckt.

B.B.

»Wo bist du so lange gewesen?« wollte die Frau wissen.

»Red nicht, Frau, red nicht«, sagte der Bauer. »Was fragst du immer? Will nicht auch der Wirt etwas verdienen? Und Väterchen Schnaps versammelt halt gern Freunde um sich. Ich bin ein Menschenfreund, das weißt du. Soll ich die anderen alleine sitzenlassen? Frau, das wäre nicht gut. Und wenn man allzu lange die frische Waldluft geatmet hat, dann schnuppert die Nase wie wild nach der Wirtshausluft.«

»Damit darfst du mir nicht kommen«, sagte die Frau und stemmte die Arme in die Seiten. »Ich warte, warte und lasse die Suppe zu Brei kochen, und du schnupperst Wirtshausluft.«

»Würde ich nicht krank werden«, fragte der Bauer, »wollte ich dem Wunsch meiner Nase nicht folgen?«

»Deiner Nase, deiner Nase«, rief die Frau, »was geht mich deine Nase an?« Und sie stand auf und drehte sich weg.

»Bleib, bleib«, bat der Bauer, »du kannst mich doch nicht so einseitig sitzenlassen. Der zweite Stiefel ist noch am Bein.«

»Der zweite«, schimpfte die Frau. »Zieh ihn dir doch selbst ab. Ich, ich...« Und dabei kniete sie sich doch wieder hin, weil sie wußte, daß es besser war, das Gewitter im Gesicht des Bauern, das schon heraufzog, nicht zum Ausbruch kommen zu lassen. Seufzend und protestierend befreite sie ihn auch von dem zweiten Stiefel.

Der Bauer schüttelte die Beine aus, stand auf und lief auf Socken ein paar Schritte durch die Stube. Dann stellte er sich neben seine Frau, gab ihr einen Klaps auf den Hintern und packte sie leicht an den Schultern.

»Und im übrigen warst du mit im Wirtshaus«, sagte er dabei.

Die Bäuerin schüttelte den Kopf, trat einen Schritt zurück. »Ich mit?« fragte sie. »Dir hat Väterchen Schnaps wirklich die Gedanken trüb gemacht.«

Der Bauer hob den rechten Arm in die Höhe, drehte sich auf einem Fuß um sich selbst, als wollte er gleich zu tanzen beginnen, und lachte, als er antwortete: »Nein, nein, wenn du dabei bist, bleibt kein Wörtchen trüb.«

»Was meinst du damit?« fragte die Frau.

Der Bauer spitzte den Mund, griff sich ans Kinn und sagte dann langsam, scheinbar jedes Wort abwägend: »Daß, daß mir der Bäcker, daß mir der Schneider...«

»So, waren die auch beim Wirt?« fragte die Frau.

»Laß mich doch ausreden«, antwortete der Bauer. »Wenn du nur, wenn du nur einmal weniger reden würdest. Also: Der Bäcker und der Schneider, sie haben mir nur Wort für Wort erzählt, was wir miteinander besprochen haben. Ja, mach keine so großen Augen, sie wissen, wieviel Geld wir im Kasten haben und wann wir uns gestritten haben. Sie wissen, daß ich einen neuen Rock brauche. Oh, Frau, sie wissen alles, was sie nicht wissen sollten.«

»Woher sie das nur haben?« fragte die Frau.

Der Bauer schüttelte den Kopf und begann in großen Schritten hin und her zu gehen. Dabei sagte er: »Woher? Das fragst du? Von ihren Frauen, und die haben's von dir. Nicht ein Wort kann man zu dir sagen, das du nicht in ein fremdes Ohr steckst.«

»Ich habe gestern nur...«, sagte die Bäuerin.

Der Bauer blieb vor ihr stehen und unterbrach sie heftig: »Du hast gestern und vorgestern, du hast immer und an jedem Tag... Du redest und redest jeden Tag, soviel wie andere die ganze Woche über reden. Frau, wo nimmst du nur all die Worte her? Du schüttest dich aus wie ein Wasserrad. Es ist schrecklich für mich, bei jeder Gelegenheit den eigenen Sätzen wiederbegegnen zu müssen. Wohin ich auch komme, schon sind meine eigenen Worte da, und überall tönt's mir entgegen: Du kommst zu spät. Ich trau' mich kaum noch in Gesellschaft. Oh, Frau, wie soll das weitergehen?«

»So also machst du es«, antwortete die Bäuerin, »du redest von mir, damit wir nicht von dir reden können. Ich wollte mit dir über das Wirtshaus reden, und du kommst mit lauter alten Sachen daher.«

Der Bauer griff sich an den Kopf und sagte: »Alte Sachen, ja, natürlich alte Sachen, wenn du nur mal von den alten Sachen lassen könntest.«

»Und was redest du da von Gesellschaft?« meinte die Bäuerin. »Du traust dich nicht mehr in Gesellschaft? Dein Hintern klebt doch beinahe am Wirtshausstuhl fest. Du nicht mehr in Gesellschaft? Hast du nicht selbst gesagt, deine Nase ziehe dich ins Wirtshaus? Und nicht nur deine Nase zieht dich hin. Bist ja schon mit dem Wirtshaus verheiratet. Du nicht mehr in Gesellschaft? Wie wär' ich froh, wenn's wahr wäre.«

»Du lenkst ab«, sagte der Bauer, »du lenkst davon ab, daß ich mit dir darüber reden wollte, daß du das größte Plappermaul weit und breit bist. Man muß sich im Dorf keine Zeitung mehr kaufen; dich zu fragen genügt, um alles zu erfahren.«

»Davon verstehst du nichts, Mann, einfach nichts«, sagte die Frau. »Und jetzt geh dich waschen, und dann, mein' ich, wirst du Hunger haben. Ich hab' die Suppe längst aufgestellt. Seit über einer Stunde ist das Essen fertig. Und ein saftiges Stück Fleisch ist auch in der Suppe.«

»Ach Frau«, seufzte der Bauer, »'s ist einfach ein Elend, wenn einer eine schwatz-

2 9642-6

hafte Frau hat, die alles, was drinnen ist, nach draußen trägt, die soviel weiterträgt, wie's eigentlich gar nicht gibt. Aber Hunger hab' ich doch, und die Suppen, die du kochst, das muß man sagen, die schmecken sogar dann, wenn man aus dem Wirtshaus kommt und den Abschiedsschmatz von Väterchen Schnaps noch auf den Lippen hat. Das Süppchen wird mir wohltun und Kraft geben, und die brauch' ich für die Wald- und Feldarbeit. Mit meinen Armen nimmt es so leicht keiner auf, das weißt du. Vielleicht kommt die Kraft auch von deinen guten Suppen. Ihren Duft riech' ich sogar vom Ofen herüber. Frau, sieh zu, daß nichts anbrennt. Schnell, gewaschen, und dann zu Tisch!«

Der Bauer war richtig fröhlich geworden, packte seine Frau um den Leib und gab ihr einen Kuß auf die Backen.

Am nächsten Morgen war der Bauer auf dem Weg in den Wald. Er hatte die Häuser des Dorfes hinter sich gelassen und ging auf dem birkengesäumten Fahrsträßchen mit weiten Schritten dahin. Rechts und links lagen die Felder, einige schon abgeerntet, die anderen würden in den nächsten Tagen und Wochen folgen. Ein erster herbstlicher Hauch lag schon auf den Birkenblättern, es war, als hätte sie ein vorzeitiges Gelbbraun gestreift. Das Licht berührte sie leicht, und die Morgenfeuchte glänzte auf Grashalmen und Sträuchern. Der Himmel war blau über der Erde aufgeschlagen und zog die Gedanken in die Weite, hin zum Wald und über den Wald hinauf und hinaus. Die Zweige reckten sich begierig in die lichte und schon kostbar gewordene Wärme. Die Luft floß durch sie hindurch und brachte die Blätter zu kaum merkbarem Zittern.

Der Bauer sah sich um, schnalzte mit der Zunge und genoß die Wärme, die seinen Körper durchdrang. Er hatte eine Schaufel und eine Hacke geschultert, die Jacke aufgeknöpft und freute sich über den prächtigen Herbsttag, der auch über ihm sein durchdringendes Licht ausschüttete.

Das Sträßchen endete mit den Feldern und verengte sich zu einem Weg, der direkt in den Wald führte. Kaum war der Bauer auf diesen Weg gekommen, als er der alten Anuschka begegnete, die im Wald Beeren und Pilze gesammelt hatte. Anuschka lebte schon so lange in dem Dorf, daß niemand sich erinnern konnte, sie als Kind gekannt zu haben. In Anuschkas Gesicht hatten hundert Winter und Sommer Furchen hinterlassen, seine Haut und die Haut ihrer Hände waren ledern geworden. Aber ihre Augen waren so jung und lebendig, als gehörten sie einer jungen Frau.

Anuschka war wie das Dorf selbst. Schon die Großeltern und Urgroßeltern und vor denen wieder die Großeltern und Urgroßeltern der meisten hatten hier gewohnt und den kargen Boden bebaut und vom Wald gelebt.

Da Anuschka aber nicht geheiratet und keine Kinder hatte, nahm sie nicht teil am Wechsel des Lebens zwischen Eltern und Kindern. Sie war einfach da und immer da gewesen, und wahrscheinlich würde sie noch da sein, wenn die jetzt lebenden Kinder erwachsen geworden waren.

Weil Anuschka so alt war, daß niemand wußte, wie alt sie war, wurde sie gerne um Rat gefragt. Denn der, der mehr als andere erlebt hatte, mußte Jüngeren raten können.

Und weil Anuschka sich auskannte im Wald und auf den Wiesen und jedes Kräutlein benennen konnte und um seine heilende Wirkung wußte, wurde sie auch gerne gerufen, wenn jemand fieberte oder einen bösen Magen hatte.

Der Bauer begrüßte Anuschka: »Na, bist heute wieder sehr früh aufgestanden zum Beeren- und Pilzesammeln? Hast du genug gefunden? Und vielleicht auch ein Kräutlein gepflückt, das man nur beim ersten Sonnenstrahl pflücken darf?«

Anuschka blickte den Bauern freundlich an, schob das Tuch beiseite, das über dem Korb lag, den sie am Arm trug, und sagte: »Da, schau her, ein paar schöne Pilze und späte Himbeeren hab' ich gefunden. Zum Kräutersammeln aber geh' ich bei Mondschein. Nur dann, das solltest du wissen, pflücke ich sie, wenn zuvor die Elfen über die feuchten Wiesen gehuscht sind.«

»Da würde ich gerne einmal mitkommen«, sagte der Bauer.

»Damit du dich in eine meiner Elfen verliebst – nein, das wäre doch zu gefährlich für dich«, wehrte Anuschka ab.

»Dann bring die Pilze und Himbeeren meiner Frau vorbei«, schlug der Bauer vor. »Aber eines mußt du mir versprechen: Du darfst nicht mit ihr reden.«

»Was, ich soll stumm bleiben?« fragte Anuschka.

»Nein, so hab' ich's nicht gemeint«, antwortete der Bauer. »Ich meine doch, ja, meine, sie, meine Frau, sollte nicht sprechen, weil...«

Anuschka stellte mit einer heftigen Bewegung den Korb auf den Boden und sah den Bauern aus blitzenden Augen herausfordernd an: »Daß die Männer immer anschaffen müssen, was die Frauen tun sollen. Ja, auch du bist keine Ausnahme.«

»Liebe Anuschka«, sagte der Bauer sehr freundlich. »Nun bist du im Dorf schon so alt geworden, daß du wissen müßtest, daß es in ihm so große Münder, Plappermünder, ach, ich meine, einen Mund gibt, der ständig plappert. Und der sollte ein wenig zugehalten, angehalten, aufgehalten werden.«

Anuschka seufzte und strich sich über die Haare. »Alt sagst du, ja, alt bin ich geworden, ich merke es. Früher hatte ich mehr im Korb als heute. Und leichter beugte sich der Rücken. Elfen und Mondschein, wie lange bin ich nicht mehr bei Mondschein in den Wald gegangen. Ist es das Alter, das ich früher nie gespürt habe? Ich bin so alt geworden, daß ich mich jetzt vor den Wölfen fürchte, die sich draußen herumtreiben. Früher, ach, Bauer, früher, da war alles anders und einfacher.«

»Nein, Anuschka«, sagte der Bauer. »Vor den Wölfen haben auch die Jungen Angst. Kein Wunder. Die Grauen wagen sich immer näher an das Dorf heran.«

»Die Grauen, wie ich die Grauen hasse«, murmelte die alte Anuschka und pfiff dabei durch eine ihrer Zahnlücken. »Ich hasse sie seit meiner Kindheit. Und vor einer Woche habe ich sogar von den Grauen geträumt. Das ist kein gutes, kein gutes Zeichen.« Und sie sah den Bauern an, als sei er einer der Grauen, den sie mit ihren Blicken festnageln müsse. Dann kniff sie die Augen zu.

»Anuschka«, sagte der Bauer, »du machst ein Gesicht, als sei ich ein Grauer, den du hassen müßtest.«

B.B.

»Wart nur«, antwortete Anuschka, »bis sie euch Bauern das Vieh schlagen und vielleicht auch ein Kind in den Wald schleppen.«

»Ach, du siehst schwarz«, sagte der Bauer und lachte dabei. »Warum malst du den Teufel an die Wand, noch ehe jemand ihn gesehen hat? Ich denke an die Gefahr und handle, ehe sie eintritt. Sieh dir das Werkzeug an, das ich in den Wald schleppe. Heute geht es nicht zum Holzschlagen, Anuschka. Siehst du die Schaufel?«

»Ja, Bauer, ja, warum zeigst du mir dein Werkzeug?« murmelte die alte Anuschka und wiegte bedächtig ihren Kopf hin und her. »Und ich muß jetzt zusehen, ins Dorf zu kommen, sonst steht deine Frau ohne frische Pilze da.«

»Willst du nicht wissen, warum ich in den Wald gehe?«

»Dann sag es, einer alten Frau soll man nichts vorenthalten.«

»Ja, alt bist du geworden, Anuschka«, sagte der Bauer. »Du bist doch alt geworden, auch wenn keiner wie du die Pilze an den verstecktesten Plätzen zu finden weiß.

Anuschka, ich habe das Werkzeug mitgenommen, um eine Wolfsgrube auszuheben.«

Kaum hatte der Bauer das Wort Wolfsgrube ausgeprochen, fingen Anuschkas Augen zu glänzen an, sie beugte sich vor und betastete die Schaufel.

»Das ist gut, eine ausgezeichnete Idee«, rief sie begeistert.

»Ich werde sie kriegen«, sagte der Bauer und knirschte mit den Zähnen. »Ich will nicht warten, bis einer dieser Unglücksfälle, die du dir ausmalst, wirklich passiert.«

»Eine gute, eine wirklich gute Idee«, wiederholte Anuschka. »Dann kann ich vielleicht wieder ohne Angst in den Wald gehen. Doch jetzt geh' ich zu deiner Frau und bringe ihr die Beeren und Pilze, sonst werden sie welk, oder es könnte uns jemand sehen und sagen, der Bauer, der Bauer hat es auf die Anuschka abgesehen, er hat sich mit ihr im Wald getroffen.« Bei den letzten Worten kicherte die alte Anuschka, zupfte den Bauern am Ärmel und sah verschmitzt zu ihm auf.

»Auf solche Gedanken kann nur ein so

altes Weib wie du kommen«, sagte der Bauer. »Es ist nicht auszuhalten: Die eine, die ich zu Hause hab', schwätzt sich noch einmal um Kopf und Kragen, schwätzt mich und mein Häuschen ins Unglück, und die Alte, die ich am Waldrand treffe, will mich ins Gerede bringen. Das Weibergeschwätz ist um mich wie dicke Spinnweben, und es wird Zeit, daß in der Morgensonne das Geschlinge, das Gewebe, das Gezischel und Getrischel, das Plappern und Schlappern beseitigt wird.«

»Bauer, du verstehst keinen Spaß«, lachte Anuschka. »Und vielleicht solltest du auch bei deiner Frau überlegen, ob du mit dem Lachen nicht weiter kommst als mit dem Nörgeln. Ich werde gleich mit ihr reden.«

»Tu's nicht, tu's nicht«, flehte der Bauer. »Ich seh' schon, wie das Weibergetratsche zum Wasserfall anschwillt und mich überflutet.«

»Ach was«, sagte Anuschka. »Paß du auf dich auf, Bauer, und sieh dich vor, wenn du Großmütterchen Anuschka das nächste Mal begegnest.«

Anuschka hob ihren Korb auf, drehte sich um und ging weiter. Sie winkte dem Bauern im Gehen zu, blickte sich aber nicht mehr um.

Der Bauer schulterte sein Werkzeug und schlenderte in den Wald hinein. Er schnupperte die würzige Morgenluft und schritt dann kräftig aus.

Zwischen den Zweigen der Bäume begann das Licht zu spielen, die Blätter glänzten in durchsichtigem Grün, auf dem Gras lag der Tau, und die Büsche standen so still und freundlich in der Sonne, daß niemand auf den Gedanken gekommen wäre, aus ihnen könnten die Grauen brechen und sich auf den stürzen, der es wagte, wie sie den Wald zu durchstreifen.

Der Bauer aber wußte Bescheid, zwängte sich durch das Unterholz und gelangte auf ein freies Plätzchen, über das die Grauen bei ihren Streifzügen kamen. Er zog seine Jacke aus und machte sich ans Werk. Mit der Hacke schlug er in den Boden und schaufelte die Erde und die herausgebrochenen Steine zur Seite.

»Das wird ein Grübchen, eine Grube«,

murmelte er dabei, »in die sollt ihr alle hineinfallen, ihr Grauen, alle, sag' ich, alle. Und einer zuerst. Und dann werd' ich euch das Fell über die Ohren ziehen und es ausstellen im Dorf, aufhängen auf dem Dorfplatz vor der Wirtschaft, damit alle sehen, daß es den grauen Teufeln an den Kragen gegangen ist.«

Und er setzte die Schaufel ab und wischte sich den Schweiß von der Stirne. Er war schon ein gutes Stück in den Boden vorgedrungen und stand mit beiden Füßen in der Grube.

»Eine Schaufel voll und noch eine Schaufel voll«, sagte er, sich selbst gut zuredend, »dann sollte es wohl genug sein.«

Und er glaubte schon, sich ein Weilchen zum Ausschnaufen auf den Rand der Grube setzen zu können, als er mit einem dumpfen Schlag auf Holz traf.

»Hoppla, was war denn das?« fragte er. »Schlag' ich auf Holz, mitten in der Erde, tief im Boden? Altes Holz, hartes Holz. Vorsicht, Vorsicht! Hier scheint auf mich etwas anderes als nur Waldboden zu warten.

Er warf die Schippe hin, kniete sich in die Grube und schaufelte mit beiden Händen die lockere Erde beiseite. Bald hatte er eine Kiste freigegraben. Er blickte auf und sagte: »Eine Kiste, hier im Wald vergraben? Das kann doch nur, das kann doch nur... Das, Fedorowitsch, könnte das sein, worauf ich warte, seit mich der Herrgott in dieses Armenhaus Erde geworfen hat, seit er mich mit diesem Weib bestraft hat. Fedorowitsch, was da drinnen steckt, drinnen stecken muß, das ist das Glück, das nicht jedem begegnet. Und mir ist es zugestoßen, ich stoße auf das Glück. Ich mach' sie auf, die Kiste, ich mach' sie auf!«

Er griff nach der Hacke und brach vorsichtig die Kiste auf. Der Deckel war aus hartem Holz und kaum angefault.

Der Bauer hob den Deckel und fiel vor Schreck, vor Überraschung auf die Knie.

»Ja, was sag' ich: Goldstücke!« rief er und griff mit beiden Händen in den Schatz, den er gefunden hatte. »Ketten, Schmuck, daß es mir glitzerdumm vor den Augen wird, daß ich nicht mehr weiß, ob alles ein Traum oder doch Wirklichkeit ist. Oh, so etwas hab' ich noch nicht gesehen. Reich, Fedorowitsch, reich sind wir nun, so reich, wie wir's durch all unsere Kartoffeln und Rüben nicht in einem Jahrhundert hätten werden können.«

Er stand erschöpft auf, streckte sich, griff sich an den Kopf und wischte sich mit einer Hand über die Stirn. Der Bauer setzte sich auf den Boden, starrte in die Grube, blickte auf die geöffnete Kiste, in der im Morgenlicht der Schatz blitzte und glitzerte, in der sich die goldenen und silbernen Münzen zwischen Perlen und Ketten zwängten, in der goldene Schließen zwischen Edelsteinen lagen und goldene Ohrringe und Armreifen neben Silberknöpfen.

Der Bauer Fedorowitsch öffnete und schloß die Augen, er schüttelte den Kopf und stieg wieder in die Grube. Er wühlte mit den Händen durch all das Gold und Silber und ließ ein klimperndes, klingelndes, schepperndes Schatzfrühkonzert erklingen, daß die Vögel ihr Zwitschern unterbrachen und überrascht innehielten in ihrem Frühgesang, mit dem sie den herrlichen Morgen feierten.

3 9642-6

Doch ehe der Bauer sich so recht freuen konnte, kam ihm seine Frau in den Sinn, und mit einem Schlag war alle Fröhlichkeit aus seinem Gesicht gewichen.

»Zu früh gefreut, viel zu früh«, sagte er zu sich. »Du hast geglaubt, Fedorowitsch, dem Glück die Kohle von der Schaufel nehmen zu können, du wolltest selbst weiterbrennen. Und kaum denkst du nach, einen Augenblick nur, fällt dein Kartenhaus zusammen. Aus deinen Träumen, Fedorowitsch, wird nichts, einfach nichts. Kaum ist das Glückslichtlein angezündet worden, hat es die Alte schon wieder ausgeblasen. Wenn meine Frau erfährt, daß ich den Schatz gefunden habe, weiß es morgen das ganze Dorf und übermorgen der Gutsbesitzer. Und dann: ade meine Schätzchen, einfach ade auf Nimmerwiedersehen. Der Gutsbesitzer wird sagen: Her damit! Und aus ist die ganze Herrlichkeit, aus, gewesen. Die Schätzchen werden Füßchen bekommen und in die Säcke wandern, in denen schon mehr als genug steckt.« Der Bauer raufte sich die Haare und blickte verzweifelt um sich. Seine Stirne runzelte

sich, so heftig begann er, nachzudenken und nach einem Ausweg zu suchen.

Ich will die Schätzchen nicht in dem großen Sack des Gutsbesitzers verschwinden sehen, dachte er, ich will einfach nicht.

Und als er lange genug die Stirne gerunzelt und nachgedacht hatte, kam ihm eine Idee.

»Ich hab's, ich hab's«, rief er aus. »Zuerst einmal werde ich die Kiste wieder zuschaufeln und mir die Stelle, wo sie vergraben ist, merken. Und dann mache ich mich auf den Nachhauseweg. Vielleicht fällt mir beim Gehen etwas ein. So leicht, mein liebes Frauchen, soll uns der Schatz nicht aus der Tasche gezogen werden. Ja, wenn der Schatz nur in die Tasche passen würde, aber gleich eine ganze Kiste voll, da muß ich nachdenken, daß mir beinahe der Kopf zerspringt.«

So schaufelte der Bauer den Schatz wieder zu, bedeckte die Grube sorgfältig mit Reisig und merkte sich genau die Stelle. Dann machte er sich auf den Heimweg, ließ sich aber viel mehr Zeit als sonst, weil er den guten Gedanken, auf die er wartete,

Zeit lassen wollte.

Nach einer Weile kam der Bauer an einen Fluß. Er sah ein Netz im Wasser hängen, trat an das Ufer heran und zog es heraus. Im Netz zappelte ein Hecht.

Der Bauer begann leise in sich hineinzulachen und sagte zu sich: »Ein guter Fangtag heute. Ein Schatz in der Erde und jetzt ein Hecht im Netz. Heraus, mein nasses Bürschchen, und hinein in die Tasche!«

Er steckte den Hecht in seine Umhängetasche, tat das Netz zurück ins Wasser und ging weiter.

Nach einer Weile kam er zu dem kleinen Wäldchen, das an das Dorf grenzte. Da stolperte er über eine Hasenfalle, in der ein toter Hase steckte. Er bückte sich, hob die Falle und den Hasen hoch.

»Wer will am gleichen Tag den Hecht kochen und einen Hasen braten?« fragte er sich und gab sich auch gleich die Antwort: »Ich könnte es. Aber da schießt mir beim Anblick des toten Langohrs ein Gedanke durch den Kopf, auf den ich gewartet habe, ohne zu wissen, wie er aussieht. Ans Werk, mein lieber Fedorowitsch! Jetzt müßte es mit dem Teufel zugehen, wenn ich nicht zu meinem Schatz kommen sollte.«

Der Bauer befreite den Hasen, zog den Hecht hervor und zwängte den Fisch in die Falle. Er legte die Falle auf den Boden zurück und lachte vergnügt in sich hinein, als er den Fisch betrachtete. Es sah aus, als sei der Fisch aus dem Fluß herübergesprungen.

Den Meister Langohr aber packte der Bauer am Genick und stapfte mit ihm zurück zum Fluß, wo das Netz noch im Wasser hing. Er zog das Netz heraus, legte den Hasen vorsichtig hinein und ließ es wieder in das kalte Naß gleiten.

»Nimm es mir nicht übel, Langohr«, sagte er dabei, »aber heute mußt du ein wenig schwimmen. Nur hinein ins Netzchen, gefangen ist gefangen, mach dir nichts daraus. Schließlich kommt es auf eines hinaus, ob man im Wasser oder auf dem Lande umkommt. Und außerdem bleibt der Hasenbraten im kühlen Wasser frischer als in der Falle.«

Der Bauer schulterte zufrieden sein Werkzeug, blickte noch einmal auf den

Fluß und machte sich auf den Heimweg. Er pfiff ein Liedchen und ließ die Gedanken über die Zweige und Baumwipfel tanzen und hinein in den blauen Himmel. Eine rechte Fröhlichkeit beflügelte seine Schritte, er stellte sich dies und das vor und mußte dabei schmunzeln. Weil er lauter erfreuliche Gedanken hatte und sie immer fröhlicher ausschwirren ließ, bemerkte er gar nicht, daß er heute schneller als sonst vorankam, und war geradezu erstaunt, als er an das Gatter stieß, das die Weide vor dem Bauernhaus abschloß.

Der Bauer lud die Werkzeuge ab und stapfte ins Haus. Sein Gesicht war rot angelaufen. Er zog seine Jacke aus und trat in die Stube, in der ihn seine Frau schon erwartete.

Der Bauer setzte sich an den Tisch und streckte die Beine von sich. Dann wartete er bis zum Abend und erzählte seiner Frau, was sich im Wald zugetragen hatte und wie er auf den Schatz gestoßen war.

Kaum hatte die Frau das Wort Schatz gehört, kaum hatte ihr der Bauer das Glitzern und Gleißen der Gold- und Schmuckstücke beschrieben, da sprang sie auf, rannte unruhig in der Stube umher, schlug die Hände über dem Kopf zusammen und raufte sich die Haare.

»Einen Schatz, du hast einen Schatz gefunden«, stieß sie hervor. »Im Wald einen Schatz; ich kann's nicht fassen, Mann, ich kann es nicht fassen.«

Und sie packte ihren Mann an den Schultern, sie blickte ihm in die Augen, als vermöchte sie in ihnen die Bestätigung zu lesen. Sie war ganz außer Atem geraten und hätte sich am liebsten ins Bett gelegt, so sehr klopfte ihr Herz, so sehr drängte ihr die Blutaufwallung den Hals zusammen. Heiß und kalt wurde ihr, ein Zittern durchlief sie, und wenn es nicht draußen schon dunkel gewesen wäre, hätte sie ihren Mann am Arm gefaßt und hinausgezogen in den Wald, um selbst mit den Händen den Schatz zu greifen, um selbst das Gold und das Geld zwischen den Fingern spüren zu können.

Der Bauer aber blieb vollkommen ruhig, er sah die Unruhe seiner Frau mit Vergnügen, schnalzte dazwischen zweimal mit den Fingern und sagte schließlich: »Und jetzt sieh zu, daß du Plinsen backst«, sagte er so vor sich hin, als wachte er gerade aus einem Traum auf. »Back Plinsen, soviel du kannst, so schnell du kannst.«

Der Frau öffnete sich vor Überraschung der Mund, sie riß ihre Augen auf und schaute erschrocken ihren Mann an. »So etwas Närrisches«, sagte sie schließlich, »es ist schon spät. Und du hast doch schon etwas gegessen. Wie kommst du auf solch einen Einfall?«

Der Bauer aber ließ sich nicht aus der Ruhe bringen. Er stand gemächlich auf, schmatzte mit den Lippen und stieß seine Frau mit der linken Hand ein wenig an.

»Du hast doch noch Glut im Ofen«, sagte er, »und nun mach dich ans Ausbacken. Ich will mich stärken, denn noch heute nacht werden wir uns den Schatz aus dem Wald holen.«

»Aus dem Wald, Wald, bei Nacht, Nacht«, stotterte die Frau. »Ich hab' Angst, Angst bekomm' ich, du, du weißt, daß ich mich nachts nicht in den Wald traue.«

Und sie trat zurück und zupfte an ihrer Schürze.

»Aber, aber«, sagte sie dann, und vor aufkommender Neugier streckte sie den Kopf vor, »aber dann will ich doch die Pfannküchlein gleich haufenweise im heißen Fett backen. Du sollst so viele haben, wie du willst. Mann, ich spür' schon, wie das Schatzfieber in mir zu brennen beginnt. Oh, ich spür's hochsteigen aus den Beinen, und über die Brust steigt's, und in den Backen hämmert es, und dann sinkt es wieder in die Beine und macht mich ganz schwer.«

»Gib nur acht, daß dich das Schatzfieber nicht verbrennt«, sagte trocken der Bauer. »Und vergiß vor lauter Fieber nicht, daß du versprochen hast, Plinsen zu backen.«

Da raffte die Frau die Schürze und den Rock hoch, ging zum Tischchen neben dem Ofen, schüttete Mehl und Wasser und Zukker in eine Schüssel, rührte den Teig und machte das Fett heiß.

Dabei murmelte sie immer wieder: »Ein Schatz, ein Schatz – oh, hoffentlich hat er in unserem Häuschen Platz!«

Der Bauer aber schmunzelte stillvergnügt in sich hinein, stand auf, ging zur Truhe, nahm eine Sacktasche heraus, schlenderte zur Bank zurück, legte die Tasche neben sich und setzte sich bequem hin.

Du wirst dich wundern, dachte er, welch einen Hunger ich heute habe. Und einen noch größeren Hunger wird meine Tasche haben.

»Komm her, mein Täschchen«, sagte er leise, »leg dich zu mir auf die Bank, und sperr dein Mäulchen auf, bald soll es mit den schönsten Plinsen gefüllt werden.« Und er klopfte genüßlich auf die Tasche und schob sie zurecht.

»Was murmelst du da?« fragte seine Frau vom Herd herüber. »Ich kann dich nicht verstehen.«

»Oh, nichts, nichts«, sagte der Bauer. »Ich hab' nur zu meiner Tasche gesprochen, nichts weiter...«

Die Bäuerin hatte die ersten Plinsen fertig und kam mit einem Teller voll zum Bauern an den Tisch.

»Meinst du, daß die Tasche groß genug ist, um den Schatz nach Hause zu holen?« fragte sie und stellte den Teller vor ihren Mann hin. »Vielleicht sollten wir einen großen Sack aus der Scheune holen.«

»Frau, warum muß bei dir alles so groß, so weit aufgesperrt sein?« fragte der Bauer und blickte auf die goldgelb gebackenen Plinsen, die vor ihm auf dem Teller lagen und nur darauf warteten, gegessen zu werden.

Ja, Plinsen backen, das kann sie, dachte er, sie backt die besten Plinsen im ganzen Dorf und vielleicht sogar die besten im ganzen Zarenreich.

»Da, fang mit dem Essen an«, sagte die Frau. »Sind sie nicht fein geraten? Ein ganzer Teller voll. Und der zweite Teller wird gleich fertig werden.« Und die Bäuerin ging wieder zum Ofen hinüber, um den zweiten Teller vorzubereiten. Sie wußte, daß ihr Mann, wenn es ihm schmeckte, schnell mit dem ersten Teller fertig sein würde.

Der Bauer aber griff mit einer Hand nach den Plinsen, mit der anderen hielt er die Tasche auf. Er stopfte die Plinsen in die Tasche, steckte die letzte in den Mund und kaute und schmatzte noch, als die Frau den zweiten Teller brachte.

»Die schmecken gut«, sagte er, »so gut

wie schon lange nicht mehr. Da muß gleich die zweite Portion hinterhergeschoben werden, damit ein Plinschen dem anderen die Hand reichen kann und der Aufmarsch in den Magen hinein nicht gestört wird.«

»Mann, wie kannst du in so kurzer Zeit so viele Plinsen verschlingen?« fragte die Frau. »Wenn du so weitermachst, werde ich mit dem Ausbacken nicht nachkommen.«

Der Bauer schmunzelte, schluckte und ließ die eine Plinse, die er genommen hatte, im Magen verschwinden.

»Oh, mir schmecken die Plinsen heute so, als hätte ich in meinem Leben noch keine besseren gegessen«, antwortete er.

Die Frau freute sich, daß der Bauer heute so guter Laune war und sie so lobte.

Da will ich ihm gleich Nachschub bringen, dachte sie, denn diese gute Laune will ich mir erhalten.

Sie ging also wieder zum Ofen zurück und machte sich an die nächste Portion. Der Bauer aber schob schnell wieder die Plinsen vom zweiten Teller und verstaute sie in der Tasche. Als die Frau mit dem dritten Teller zum Tisch kam, wäre er ihr beinahe aus der

Hand gefallen, so überrascht war sie, als sie den leeren Teller auf dem Tisch erblickte.

»Schon wieder aufgegessen?« fragte sie und setzte den dritten mit duftenden Plinsen gefüllten Teller ab. »Mann, du mußt beinahe so aufgeregt sein wie ich, daß du die Plinsen verdrückst, als hättest du einen Mund, doppelt so groß wie der eines Wolfes. Das kann nur vom Schatz, von unserem Schätzchen kommen. Oh, der Schatz glitzert und gleißt. Ja, so stell' ich mir ihn vor, ein solcher Schatz, der macht aufgeregt, der macht so aufgeregt, daß ich gar keinen Hunger habe. Dafür ißt du die doppelte Menge. Iß schnell die letzte Portion auf. Ich hole einstweilen meinen Mantel, und dann wollen wir in den Wald laufen, Mann, ich will laufen so schnell ich kann, damit das Schätzchen keine Beine kriegt.«

Und die Frau des Bauern fuhr sich rasch durch die Haare, lief zum Schrank und holte den Mantel heraus. Der Bauer aber schob die Plinsen vom letzten Teller und stopfte sie in die Tasche. Seiner Frau rief er zu: »Keine Sorge, der Schatz läuft uns nicht davon. Ich hab' ihn gut versteckt. Und wegen der Wölfe traut sich sowieso niemand nachts in den Wald hinaus. Wir müssen eine Fackel mitnehmen, damit wir vor den grauen Teufeln sicher sind.«

Und so rüsteten sich der Bauer und seine Frau, um draußen im Wald den Schatz zu heben und ihn nach Hause zu bringen.

Die Nacht war hereingebrochen, als sie das Haus verließen. Aber schon war auch der Halbmond aufgestiegen und leuchtete ihnen ein wenig voran. Als sie im Wald angekommen waren, wurde es unter den Bäumen so dunkel, daß der Bauer die Fakkel anzündete und der Frau voranleuchtete. Er hatte die mit Plinsen gefüllte Tasche umgehängt und sang leise vor sich hin:

»Das Schätzchen wolln wir holen,
zur Nacht und ganz verstohlen,
niemand darf uns draußen sehn,
und kein Wort soll morgen gehn
aus ihrem allzu großen Mund,
die Plinsen tun's ihr bald kund.«

Die Frau stapfte hinter ihm drein und hatte Mühe, auf den Boden zu achten. Sie ging mit gesenktem Kopf und versuchte im flackernden Fackelschein den Steinen und

4 9642-6

Baumwurzeln auszuweichen. Und so bemerkte sie auch nicht, daß der Bauer von Zeit zu Zeit in die Tasche griff und schnell eine Plinse nach der anderen auf die Zweige steckte, die in den Weg hineinreichten.

»Mann«, fragte die Bäuerin, »was singst du da von Plinsen? Ich achte auf den Weg, damit ich nicht stolpere, und du kannst in der Finsternis singen.«

Weil sie aber nicht gleichzeitig reden und auf den Boden achten konnte, blieb sie stehen und blickte sich um. Sie schaute auf die Zweige und schlug verwundert die Hände über dem Kopf zusammen, rieb sich die Augen und rief ihrem Mann zu: »Bleib stehen, da sind ja Plinsen an den Zweigen. Wohin hast du mich geführt? Plinsen, Mann, wie die, die ich dir gebacken habe, die du gegessen hast.«

Der Bauer drehte sich um, schnupperte in die Luft und trat auf seine Frau zu. Er griff sie am Arm und sagte: »Ach, die Plinsen. Hast du die Plinsenwolke nicht gesehen, die durch den Wald zog? Da ist es kein Wunder, daß einige an den Zweigen hängengeblieben sind. Komm, gehn wir

weiter. Was ist schon daran, daß die Zweige Plinsen tragen?«

Aber die Bäuerin streckte eine Hand aus, holte eine Plinse aus einem Zweig und schüttelte heftig den Kopf. Mit der anderen Hand deutete sie auf die Bäume. »Da, da, auch Plinsen. Wie kann es das geben? Und ich hab' die Plinsenwolke nicht gesehen. Nur weil ich den Kopf gesenkt hatte, um nicht über die Wurzeln zu stolpern. Das ist eine Nacht, Mann, solch eine Nacht hab' ich noch nicht erlebt.«

Aber der Bauer zog sie weiter und sagte: »Hast du unser Schätzchen vergessen? Halte dich doch nicht mit gebackenen Plinsen auf, wenn goldene und silberne auf dich warten.«

Die Frau schüttelte wieder heftig den Kopf, ließ sich aber dann doch weiterziehen, denn schon waren vor ihren Augen die an den Bäumen hängenden Plinsen zu Gold- und Silberplinsen geworden, die sie am liebsten eingesammelt hätte.

So kamen der Bauer und seine Frau zu der Stelle, an der die Hasenfalle lag. Der Bauer ging auf die Falle zu und stieß leicht mit einem Fuß an sie.

Die Frau blickte auf den Boden und rief mit zitternder Stimme: »Mann, sieh doch, ein Hecht hat sich in der Hasenfalle gefangen, ein Hecht in der Hasenfalle. Seh' ich recht, oder hat mir der Schatz den Sinn verwirrt?«

Der Bauer bückte sich und hob die Falle hoch. Das Licht der Fackel glitt über den Fisch, der in der Falle hing.

»Was ist Ungewöhnliches daran?« fragte der Bauer. »Hast du noch nicht gehört, daß Hechte sich auch über Land bewegen?«

Die Bäuerin beugte sich vor und beäugte den Fisch. »Plinsen an den Zweigen, der Hecht in der Falle. Mann, das geht nicht mit rechten Dingen zu, aber ich will den Hecht mitnehmen. Gib her. Eine gute Fischsuppe wird auch der Landhecht geben.«

Sie befreite den Hecht aus der Falle, klemmte sich den Fisch unter einen Arm und ließ die Falle auf den Boden zurückgleiten. Der Bauer schwang die Fackel, gab seiner Frau einen kleinen Stoß und schob sie voran.

»Bevor wir zum Schatz kommen, müssen

wir am Fluß kurz ins Netz schauen«, sagte er. »Der Weg führt uns sowieso am Wasser vorbei.«

So kamen der Bauer und seine Frau zum Fluß. Der Bauer hielt an und deutete auf einen Strick, der an einem Busch festgeknüpft war.

»Zieh das Netz heraus«, sagte er zu seiner Frau.

Die Frau blickte auf den Strick, der in den Fluß hineinführte. Der Bauer leuchtete ihr mit der Fackel, und die Frau zog das Netz aus dem Wasser. Als sie's oben hatte, wollte sie vor Schreck das Netz gleich wieder in den Fluß lassen, aber der Bauer hielt es fest. Die Bäuerin rief: »Ein echter Hase ist uns ins Netz gegangen, hat sich im Netz gefangen. Mann, ist das eine Zaubernacht. Ich kann's nicht glauben, ich kann's nicht.«

Der Bauer packte den Hasen, zog ihn aus dem Netz und hob ihn hoch, so daß das Wasser aus dem Fell von Meister Langohr triefte. Fröhlich sagte er: »Frau, du tust grade so, als hättest du noch nie einen Wasserhasen gesehen. Läuft nicht das Wasser aus ihm heraus, daß es eine Freude ist?

Ja, das ist ein echter Wasserhase, bei meiner Seel', ein ganz echter.«

Die Frau griff nach dem Hasen und strich ihm das Fell. »Nein, nein«, sagte sie, »es ist das erste Mal, daß ich einen Wasserhasen seh'. Aber wenn du's sagst, wird es wohl seine Richtigkeit haben. Hoffentlich ist nicht auch der Schatz ein Wasserschatz, ein... ein Denk-Schatz, ein verkehrter Schatz. Jetzt will ich richtiges Gold sehen, richtiges goldenes, glänzendes Gold. Mann, mach schnell, damit uns der Schatz nicht davonschwimmt.«

So kamen der Bauer und seine Frau zu der Stelle im Wald, wo der Bauer den Schatz gefunden hatte. Der Bauer gab seiner Frau die Fackel. Sie mußte ihm leuchten, als er die Kiste wieder aus dem Boden grub. Und die Augen der Frau glänzten, als der Bauer die Kiste öffnete und das Licht über die Gold- und Silberstücke, über die Edelsteine und den Schmuck glitt.

Sie füllten die Sacktasche mit den Schätzen und machten sich auf den Heimweg.

Zunächst hatte der Bauer die schwere Last auf seinen Rücken gehoben, doch bald drückte ihn der Schatz so nieder, daß er trotz der nächtlichen Kühle in Schweiß gebadet war und sich ein Weilchen ausruhen mußte.

»Hilf mir tragen«, sagte der Bauer. »Die Fackel kannst du löschen. Das Mondlicht wird uns das letzte Stückchen des Weges aus dem Wald hinaus geleiten.«

Die Frau packte die Tasche an einem Ende, der Bauer trug sie am anderen. Bei jedem Schritt klirrte und rappelte es in der Tasche, und so wurden die beiden von einer rechten Schatzmelodie begleitet. Sie ließen den Wald hinter sich und kamen zu den Feldern, gingen einige Feldwege entlang und ruhten sich noch einmal aus, als sie vor sich das Gutshaus sahen. Es lag dunkel und mächtig vor ihnen. Ein gekiester Weg führte zum Hauptgebäude, und rechts und links waren Weideflächen eingezäunt.

»Ach, ist der Schatz schwer«, keuchte die Frau. »Ich muß ein Weilchen ausschnaufen. Ich hätte nicht gedacht, daß mir der Nachhauseweg so lang werden würde.«

»Du hast die Tasche doch bis obenauf gefüllt«, sagte der Bauer vorwurfsvoll und streckte das rechte Bein aus, das ihn ein wenig schmerzte. »Du konntest wieder nicht genug kriegen.«

Noch während er redete, hörte man das Blöken von Schafen durch die stille Nacht, und die Stimmen der Tiere, die von irgendwoher kamen, waren plötzlich wie ein fremdes Schnarren und Krächzen, waren erschreckend nah und wieder fern.

Die Bäuerin klammerte sich an ihren Mann und zitterte am ganzen Leib, als sie flüsternd sagte: »Oh, Mann, ich krieg's mit der Angst. Wer schreit dort, da, dort, so jämmerlich? Das geht durch Mark und Bein. Mann, Mann, halt mich fest. Spürst du nicht, wie ich zittere, wie mir plötzlich so kalt geworden ist?«

»Psst, schrei nicht«, sagte der Bauer und hielt der Frau mit einer Hand den Mund zu.

Am liebsten hätte er laut hinausgelacht, machte jedoch ein ernstes Gesicht und sagte: »Dann laß uns schnell davonlaufen. Das sind die Teufel, die durch die Nacht plärren. Die Teufel sind unserem Gutsherren an die Kehle gefahren, und hast du gehört, auch er hat geschrien, da, schon wieder

schreit er, so laut er kann, er schreit zum letzten Mal. Vielleicht drehn ihm die Teufel den Hals ab. Schnell, pack den Schatz, damit die Teufel nicht auch uns kriegen. Wir müssen weg, weg, schnell weg.«

Der Bauer griff nach der Schatztasche und die Bäuerin packte sie am anderen Ende. Im fahlen, schwachen Mondschein stolperten und schlurften, tappten und stapften sie nach Hause und waren so müde und zerschlagen, daß sie sich ins Bett fallen ließen, ohne den Schatz noch einmal angesehen zu haben.

Sie lagen nebeneinander in den Betten, konnten aber nicht einschlafen, so heftig hämmerte es noch in ihrer Brust, so sehr waren sie außer Atem gekommen.

Nach einer Weile fragte der Bauer: »Hast du den Schrecken jetzt verdaut?«

»Wie bin ich froh, daß wir den Teufeln entkommen sind«, antwortete die Frau. »Ich glaub', sie sind uns ein Stückchen weit nachgelaufen. Ich hatte Angst, mich umzudrehen. Wenn ich nur daran denke...«

»Denk nicht mehr daran«, sagte der Bauer. »Wir haben den Schatz ins Haus gebracht. Und jetzt kommt es nur darauf an, daß du morgen nicht alles ausplauderst. Wehe, wenn dir die Goldstückchen morgen aus dem Mund purzeln.«

Die Bäuerin schmiegte sich an ihren Mann, strich ihm über die Wange und antwortete: »Da sollen alle Teufel davor sein! Gott behüte, ich werde mir den Mund eher zukleben, als ein Wörtchen herauslassen.«

Der Bauer schmunzelte in sich hinein, die Frau konnte sein Schmunzeln aber nicht sehen, da das Mondlicht, das zum Fenster hereinkam, nur einen schwachen Schimmer ins Dunkel brachte. Die Bäuerin drehte sich zur Seite, deckte sich fest zu und schlief bald ein. Im Traum schaufelte sie mit den Händen den Schatz um, betastete jedes Gold- und Schmuckstück und konnte gar nicht genug kriegen von all dem Glitzern und Glänzen, dem Klirren und Reiben.

Am Morgen ging die Bäuerin zum Dorfbrunnen und traf dort drei Frauen, die Wasser holten. Und es vergingen nur wenige Minuten, bis sie alles, was in der Nacht geschehen war, ausgeplaudert hatte. Die Worte purzelten ihr nur so aus dem Mund,

und die Freude am Erzählen ließ ihr Gesicht über und über rot anlaufen.

»Die ganze Nacht, sagst du, die ganze Nacht seid ihr draußen gewesen?« fragte die ältere Frau, die einen dicken rotbraunen Kittel trug und zum Wasserschöpfen die Ärmel hochgekrempelt hatte.

»Und es war wirklich Gold?« fragte die jüngere Frau, die winzige zusammengekniffene Augen hatte und beim Fragen die Lippen spitz machte.

»Sie hat es doch gerade gesagt«, mischte sich die dritte, kleine und dicke Frau ein. Sie stand mit in die Seiten gestemmten Armen da und blickte die anderen Frauen beinahe vorwurfsvoll an.

»Ein ganzer Sack voll«, wunderte sich die ältere Frau und schüttelte den Kopf. »Vielleicht waren es zwei Säcke, vielleicht, vielleicht.«

»Und sie spricht nur von einem, weil sie was verbergen will«, sagte die jüngere Frau mit dem gespitzten Mund.

»Wo hast du den Schatz versteckt?« fragte die kleine, dicke Frau und blickte die Bäuerin herausfordernd an.

Die Bäuerin aber genoß es, so im Mittelpunkt zu stehen. Sie begann, wie ein Wasserfall zu sprudeln, redete mit den Händen, deutete hierhin und dorthin. Sie wiegte sich in den Hüften und prahlte: »Da macht ihr Augen, Stielaugen seh' ich, Glanzaugen, Räuberaugen, Goldaugen. Ja, da könnt ihr lange Augen machen. So einen Schatz habt ihr noch nicht gesehen. Goldstückchen, Goldstückchen, so viele, daß ich sie mit beiden Händen nicht fassen konnte.«

»Gold und Silber? Gold. Nein, ich glaub' es nicht. Warum solltest du solches Glück haben!« sagte die ältere Frau.

»Schmuck, Schmuckstückchen, so viel Schmuck«, sagte die junge Frau nachdenklich und blickte vor sich hin, als sähe sie die Schätze auf dem Brunnenrand liegen.

»Da bleibt euch der Mund offenstehen«, sagte die Bäuerin. »Und vielleicht zeig' ich euch einmal ein klitzekleines Schmuckstückchen, damit ihr auch etwas habt von meinem Schatz, damit ihr wißt, wie Gold glänzt, damit, damit euch der Mund wäßrig wird. Oh, ich sag' euch, mein Mann ist der beste Schatzsucher weit und breit, der weiß, wo die Goldkisten vergraben sind. Er hat die richtige Nase dafür.«

»So, sooo«, sagte die ältere Frau und dehnte das Wörtchen. »So, so habt ihr noch mehr Schätze gefunden, und du berichtest uns erst heute davon.«

»Nein, nein, noch nicht«, unterbrach sie die Bäuerin. »Mein, mein Mann hat gerade erst mit dem Schatzsuchen angefangen. Aber ich glaube, ich weiß, daß er noch mehr Schätze finden wird. Vielleicht morgen schon ... Oder, wenn er will, gehe ich gleich heute nacht wieder mit ihm hinaus.«

»Das muß ich meinem Mann sagen«, unterbrach sie die kleine, dicke Frau.

»Das wird die Runde machen«, sagte die ältere Frau, »da könnt ihr sicher sein.«

»Warte es nur ab«, meinte die jüngere Frau und wandte sich zur Bäuerin, »das gibt eine Wallfahrt zu deinem Haus. Alle, alle werden kommen, um deinen Schatz zu sehen.«

»Wenn erst des Bäckers Frau«, sagte die ältere Frau.

»Wenn erst die des Schneiders«, sagte die

5 9642-6

jüngere Frau bedeutungsvoll.

»Wenn erst die des Metzgers«, sagte die kleine, dicke Frau.

»Wenn erst die des Schmieds«, fuhr die ältere Frau fort.

»Wenn erst die des Wirtes weiß«, sagte die jüngere Frau.

»Wenn erst alle, alle wissen«, sagte die kleine, dicke Frau.

»Wenn's aus allen, allen Häusern, allen Mündern redet: Ein Schätz, Schätzchen, Schatz ist an-ge-kommen«, riefen die drei Frauen zusammen, »dann, dann werden alle kommen.«

War das ein Geschnatter und Geflatter, ein aufgeregtes Hin- und Hertrampeln. Und schwupp, schwupp rafften die Frauen die Röcke zusammen, nahmen die Krüge und Flaschen in die Hand und klapperten über das Steinpflaster nach Hause, sie schwirrten aus, aufgeplustert mit der goldglänzenden Neuigkeit, die verbreitet, ausgeschüttet, ausgestreut werden mußte.

Und ehe sie sich's recht versah, stand die Bäuerin allein am Brunnen. Sie schöpfte mit den Händen Wasser aus dem Brunnen

und wusch sich mit einer raschen Bewegung das Gesicht. Dann ging auch sie nach Hause.

Am nächsten Morgen ließ der Gutsherr den Jägermeister zu sich in das große Wohnzimmer des Gutshauses kommen. Der Gutsherr war ein hagerer, knochiger Mann. Sein Gesicht war gegerbt von Wind und Wetter, und an den Schläfen war sein Haar längst grau geworden. Er liebte es, bei Regen oder Schnee draußen zu sein, und mancher Bauer war schon erschrocken, als er dem Gutsherrn auf einer Waldlichtung oder zwischen den Feldern unerwartet begegnete. Der Gutsherr hatte einen weitausholenden Schritt, und wenn man ihn von ferne auf sich zugehen sah, meinte man, eine klapperdürre Holzfigur rudere sich in raschen, genau abgemessenen Bewegungen voran.

An diesem Vormittag hatte der Gutsherr enge schwarze Hosen an und eine graue Filzjacke. Er saß bequem in einem Sessel und streckte die Beine von sich. Der Jägermeister hatte ihm Bericht erstattet, klappte die Fersen zusammen und sagte dann:

»Recht habt Ihr gehört: Er hat den Schatz gefunden. Vom Wirt hab's ich gehört, der hat's vom Schmied, und dieser hat's vom Metzger, dem sagte es der Schneider, der hat's vom Bäcker, ja, und dem sagte es die Frau.«

Der Gutsherr sprang auf und packte den Jägermeister am Rock. Er rief: »Das ganze Dorf weiß diese Neuigkeit. Nur ich kenne, kannte sie nicht. Und sag, woher hat es denn die Frau des Bäckers?« Der Gutsherr biß die Zähne aufeinander und runzelte die langen, wild über den Augen wuchernden Brauen.

»Die Frau, die hat es von der Frau des Gemüsehändlers«, antwortete der Jägermeister. »Und die sagte, sie hätte am Brunnen die Neuigkeit von der Frau des Bauern gehört, und die war ja dabei. Und so muß alles wahrer denn wahr sein. Oder zweifelt Ihr?«

Der Gutsherr stampfte auf den Boden. Seine Hände zitterten, als er sagte: »Die Wut hat meinen Zweifel aufgefressen. Die beiden müssen her. Denn daran besteht kein Zweifel: Mir gehört der Wald. Und wenn im Wald...? Sag, Jägermeister, wenn im Wald...?« Und dabei trat der Gutsherr nahe an den Jägermeister heran, nachdem er einige Schritte zurückgetreten war, und er griff dem Jägermeister heftig unter das Kinn und blickte ihm herausfordernd in die Augen.

Der Jägermeister legte die Hände an die Hosennaht und versuchte sich aus dem Griff des Gutsherrn zu befreien. »Wenn, wenn im Wald ein Hirsch gejagt wird«, sagte er, »so gehört er Euch.«

»Ein Hirsch nur, nur ein Hirsch?« fragte der Gutsherr und packte wieder den Jägermeister. Er schüttelte ihn und herrschte ihn an: »Denk doch ein wenig weiter.«

»Ich denke, Herr, ich denke schon die ganze Zeit«, sagte der Jägermeister. »Ihr müßt es an meinem angespannten Gesicht sehen. Oh, vielleicht platzen mir gleich die Adern vor lauter Denken.«

»Nicht nur ein Hirsch gehört mir«, sagte der Gutsherr, »ein Hase auch noch. Und mehr als Hirsche und Hasen, mehr noch. Also, wenn mir der Hirsch und der Hase gehören, dann...« Und dabei stieß der

B.O.

Gutsherr mit dem knochigen Zeigefinger der rechten Hand dem Jägermeister in den Bauch, daß dieser einen heftigen Schmerz verspürte, sich krümmte und sich dann kerzengerade aufrichtete.

»Oh, wenn Ihr das meint«, sagte der Jägermeister. »Oh, das meint Ihr. Wie konnt' es mir nur nicht in den Sinn kommen? Der Schatz, so denkt Ihr doch, muß Euch auch gehören.«

»Na also«, sagte der Gutsherr, »endlich bist du draufgekommen. Und drum holst du jetzt den Bauern her und auch sein Weib. Und hol den Bäcker auch, den Wirt, den Schneider, den Metzger und den Schmied samt ihren Frauen. Hol sie her, damit ich dem Sack, dem Schatz, meine ich, auf den Grund gehen kann. Denn, das wird jeder vernünftige Mensch sagen, derjenige, dem Grund und Boden gehören, muß und kann allem, was auf seinem Boden ist, auf den Grund gehen. Wär' ich sonst der Herr über dieses Land rings um mein Haus, könnt' ich sonst hier tun und lassen, was ich will? Drum bring sie her, alle, die von dieser Sache etwas wissen.«

»Sie alle in Euer Haus?« fragte der Jägermeister.

»Vors Haus meinetwegen«, sagte der Gutsherr. »Ich will zeigen, wie es dem ergeht, der sich am Gut des Herrn vergreift und in der Dunkelheit sein Handwerk treibt, hingeht und mich beraubt, mir nicht berichtet, was er entdeckt hat. Ein solcher Bösewicht soll nicht noch einmal geboren werden. Und drum werde ich dem ersten seine Flügel stutzen. Wenn erst die Lust auf Besitz und Gold ausgeschlüpft ist, dann ist sie nicht mehr zu halten.«

Der Jägermeister ging also zum Bauern und holte den Bauern und dessen Frau auf den Gutshof. Der Jägermeister ging auch zu den Handwerkern des Dorfes und befahl ihnen und ihren Frauen mitzukommen; er holte auch die anderen Bauern, und alle standen schließlich im Hof des Gutshauses neben der Scheune. Der Gutsherr hatte sich einen Sessel bringen lassen und saß auf dem Austritt vor der Eingangstüre zum Hauptgebäude. Er blickte vor sich hin und wartete, bis der Jägermeister den Bauern vorführte.

Die Handwerker, die Bauern und die Frauen standen in kleinen Gruppen auf dem Hof und wußten nicht, warum sie geholt worden waren. Sie unterhielten sich flüsternd, sahen sich an und blickten zum Gutsherrn vor.

»Alle hab' ich aufgestöbert und sie gebracht«, sagte der Jägermeister, »wie Ihr es befohlen habt.«

»Schon gut, schon gut«, sagte der Gutsherr. Dann sah er den Bauern an, den der Jägermeister noch am Ärmel festhielt.

»Und du bist der Bauer?« fragte der Gutsherr.

Der Bauer hatte an seiner linken Seite seine Frau. Die Bäuerin schaute ängstlich vor sich hin und zupfte aufgeregt an ihrem Sonntagsstaat, an der Schürze, die sie vorgebunden hatte.

»Das bin ich, Herr«, sagte der Bauer mit fester Stimme. »Und neben mir, seht sie an, meine Frau Tatjana. Seit dreißig Jahren, und das mögt Ihr mir nachsehen, ist sie meine Frau. Ich kenn' sie gut, besser als jeder andere. Dreißig Jahre, mein Herr, das ist eine lange Zeit, und wenn dann auch noch von Jahr zu Jahr die Mühsal nicht abnimmt, Herr, dann mögen aus dreißig Jahren leicht fünfzig geworden sein. Ich hab' sie nicht mehr gezählt, die Tage der Mühsal, mein Herr, aber hart, das sag' ich Euch, macht es uns Bauern die Erde, nur mit Mühe läßt sie sich bebauen.«

Der Gutsherr runzelte die Stirne und unterbrach dann die Rede des Bauern. »Rede nicht lang, und rede nicht dummes Zeug. Ich werde dich und deine Frau befragen, und ihr alle aus dem Dorf, hört zu, damit ihr wißt, wie's einem Schlingel ergehen kann.«

Da setzte wieder ein Gemurmel ein, die Leute sahen sich an, schüttelten den Kopf oder nickten mit dem Kopf.

»Ruhe!« rief der Jägermeister, der nun den Ärmel des Bauern losgelassen hatte.

Der Bauer sah sich um und fragte ganz langsam: »Ein Schlingel, sagt Ihr, wo ist ein Schlingel?«

Der Gutsherr wartete einige Augenblikke, dann stieß er hervor: »Du hast mir den Schatz unterschlagen. Warum bist du nicht gekommen, um mir zu berichten?«

Der Bauer tat so, als rede der Gutsherr nicht mit ihm, sondern mit einem anderen. Er blickte nach rechts, dann nach links, als suche er den Schuldigen. Dann tippte er sich mit einem Finger an die Stirne und wandte sich dem Gutsherren zu.

»Was habe ich gehört?« fragte er. »Hat der Herr von einem Schatz gesprochen? Ich kenne keinen, hab' von keinem gehört und keinen gesehen.«

Da sprang der Gutsherr auf, seine Augen wurden schmal, er stieß die rechte, dann die linke Faust vor und trat mit einem heftigen Schritt auf den Bauern zu.

Alle Leute ringsum hielten den Atem an und blickten auf den Gutsherren und den Bauern.

Der Gutsherr packte mit beiden Händen den Bauern an den Schultern und schüttelte ihn.

»Du lügst, du lügst mich an vor allen Leuten«, rief er. »Alles weiß ich, weil ich alles wissen muß. Hat nicht deine Frau im ganzen Dorf erzählt, daß ihr den Schatz gefunden habt? Kann nicht jeder der Umstehenden bezeugen, was sie gesagt hat?

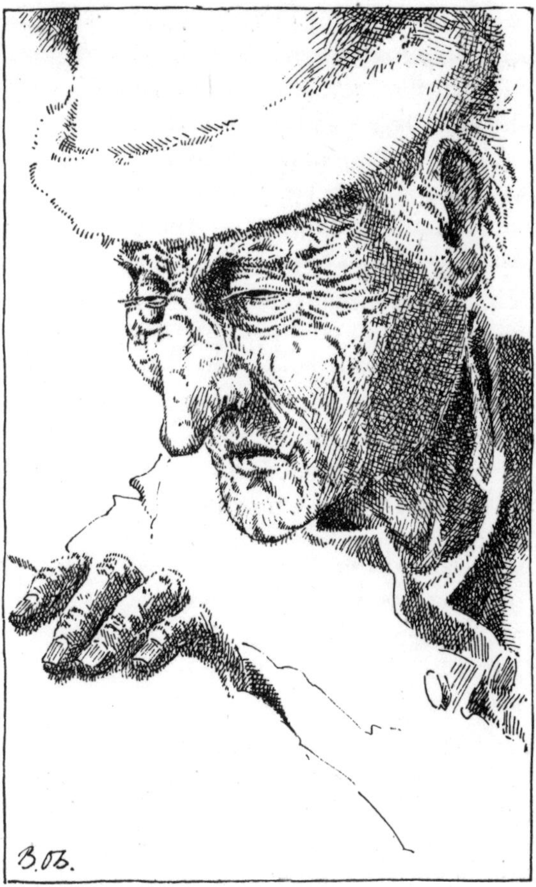

Aber ich muß nicht erst die Handwerker und Bauern fragen, ich kann aus deinem Gesicht die Lüge lesen. Und die Lüge wird dir noch teuer zu stehen kommen.«

Als der Gutsherr seinen Griff lockerte und den Bauern freiließ, zuckte dieser mit den Schultern und sagte; »Die Frauen und Männer, die der Herr gerufen hat, könnte ich einzeln fragen, ob sie den Schatz gesehen haben, von dem der Herr spricht. Was meint der Gutsherr, was sie antworten werden?«

»Widersprich nicht«, sagte der Gutsherr barsch und packte noch einmal mit der linken Hand zu.

»Ihr habt einen harten Griff, Herr«, sagte schnaufend der Bauer. »'s möchte einem beinahe der Atem wegbleiben. Aber da Ihr mich Lügner geschimpft habt, muß ich mit Verlaub, und gerne tu' ich's nicht, meine Frau ins Spiel bringen.«

»Was willst du mit deiner Frau?« herrschte ihn der Gutsherr an.

»Meine Frau«, sagte zögernd der Bauer und strich dabei liebevoll seiner Frau über die Wange, »meine Frau ist nicht ganz recht im Kopf. Sie redet manchmal wirr und erzählt von Dingen, die es nicht gibt, nicht geben kann. Ihr könnt sie selber fragen. Und ich bitt' Euch zu verstehen, daß es mir nicht leichtgefallen ist, vor dieser großen Versammlung von Nachbarn und Bekannten mich und meine Frau so bloßzustellen.«

»Bauer, du redest zuviel«, sagte ungeduldig der Gutsherr und schnippte mit seinen langen Fingern. Dann drehte er sich zu der Bäuerin und fragte sie: »Hat der Bauer, dein Mann, den Schatz gefunden?«

Die Frau blickte zuerst, ängstlich geworden, ihren Mann an, dann zu den Nachbarinnen hinüber, nestelte an ihrem Gewand, drehte einen Knopf und blickte wie hilfesuchend den Gutsherren an. Schließlich sagte sie so leise, daß man ihre Stimme kaum hören konnte: »Ja, Herr, er hat ihn gefunden.«

Der Gutsherr lachte zufrieden und blickte dann den Bauern streng an. »Da hast du den Beweis. Warte, Schlingel, du hast dir deine Schlinge selbst geknüpft. Und jedes weitere Wort wird die Schlinge enger ziehen. Du glaubtest, mich hinters Licht führen zu können. Aber ich muß nur ein paar Fragen stellen, das siehst du doch, und schon liegt die Wahrheit offen vor mir.«

Der Bauer schmunzelte und sagte: »Wenn Ihr, mein Herr, die Wahrheit schon erkannt habt, dann habt Ihr vielleicht auch den Schatz gesehen, den es gar nicht gibt.«

»Was, du spottest noch?« rief der Gutsherr erbost. »Das wird dir teuer zu stehen kommen. Hat deine Frau nicht gesagt, daß ihr den Schatz geholt habt? Und drum soll sie nun ganz genau erzählen, wie sich's zugetragen hat.«

Die Bäuerin, der die Aufregung ins Gesicht geschrieben stand und die nun noch einmal die Erlebnisse der Nacht vor sich sah, antwortete: »Wir gingen in den Wald, dunkel war's, und als wir zwischen den Bäumen durchgingen, da waren an allen Zweigen Plinsen. Ja, Herr, ich hab' sie mit eigenen Augen gesehen. Und mein Mann hat die Plinsen auch gesehen. Ihr müßt ihn nur fragen.«

Da stieg ein Lachen und Verwundern aus den Gruppen der Umstehenden auf, sie stießen sich an, sie bewegten sich hin und her, und im Hof waren ihre Fragen und ihr Lachen wie ein Singsang aus Spott:

»Auf den Bäumen, ha,
auf allen Bäumen ja,
ha-ha, hahaha,
sitzen, sitzen Plinsen,
wackeln schon im Wind,
ha-ha, hahaha,
schick doch hin ein Kind,
und hol, hol Plinsen
überall,
ha-ha, hahaha,
welch ein Zauberfall.«

»Ruhe, Ruhe«, rief der Gutsherr. »Plinsen in meinem Wald? Frau, du hast nicht recht gesehen. Willst auch du mich verspotten, oder bin ich unter lauter Narren geraten?«

»Doch, doch«, antwortete die Bäuerin und sah den Gutsherrn aus treuherzig glänzenden Augen an, »die Plinsenwolke hat sie hingeweht, eine ganz große, eine riesengroße Plinsenwolke. Sie schwebte über dem Wald, hat beinahe den Mond verdunkelt. Und dann hat sie sich auf die Zweige gesetzt, und überall sind die Plinsen hängen-

6 9642-6

geblieben. Eine Plinsenwolke mitten in der Nacht. Herr, Ihr hättet sie sehen sollen. Mein Mann hat sie gesehen, und vielleicht hat die Wolke auch nach Plinsen geduftet. Ich hab' eine der Plinsen gepflückt, und sie duftete wirklich wie die Plinsen, die ich backe, weil mein Mann sie so gerne ißt. Wenn Ihr gleich nachher in den Wald hinausreitet, könnt Ihr vielleicht noch einige Plinsen ernten, wenn die Vögel sie nicht abgefressen haben. Aber in der Nacht hab' ich viele Plinsen hängen sehen, hundert, vielleicht tausend an allen Zweigen. Weil doch die große Wolke sich auf die Zweige gelegt hat, weil die Wolke die Plinsen an alle Bäume gehängt hat. Oh, es war wirklich ein Wunder, und wenn ich jetzt daran denke, dann ist mir, als streife mich die Plinsenwolke noch einmal, als könnte ich die duftende Wolke riechen.«

Erschöpft vom vielen Erzählen, schnappte die Bäuerin nach Luft, schaute erwartungsvoll ihren Mann an und freute sich, daß alle ihr zugehört hatten.

Der Bauer verzog keine Miene, sondern blickte geradeaus, so, als sei er nicht mehr

an dem beteiligt, was vor und neben ihm verhandelt wurde. Er wartete auf die Antwort des Gutsherren und mußte nicht lange warten, denn kaum hatte seine Frau ihren Wortschwall ausgegossen, als der Gutsherr wütend ausrief: »Plinsen, Plinsen in meinem Wald? Du schwätzt daher, was in deinem wirren Kopf durcheinanderwirbelt. Und ich höre mir dein Geschwätz an, ich lasse dich nicht abführen und in den Keller werfen, ich übergebe dich nicht dem Richter, damit er dir dein loses Mundwerk verbietet? Bin ich denn alt und schwach geworden, daß ich mir ein solches Gerede zumute?«

»Oh, nein, Herr«, sagte die Bäuerin, wieder ganz wach geworden. »Ich sehe nicht, daß Ihr alt ausseht. Ich sehe, daß Ihr ein schlanker, kräftiger Herr seid und Euer Haus in guter Ordnung haltet. Aber ich habe Euch noch nicht gesagt, was sich an die Plinsenwolke anschloß, was sonst noch in dieser Schatznacht geschah.«

»So bist du noch nicht am Ende?« fragte ratlos der Gutsherr und bedeckte sein Gesicht mit beiden Händen.

»Noch lange nicht, Herr, noch lange nicht, denn wir sind natürlich weitergegangen, und dann haben wir den Hecht aus der Hasenfalle gezogen.«

»Den Hecht, den Hecht, hat sie...«, rief der Gutsherr.

Und die Umstehenden murmelten und riefen wieder wie im Chor:

»In der Falle, Falle,
sitzt ein Hecht,
gar nicht schlecht,
ha-ha, hahaha,
auch ein Hecht ist da.
In der Falle
werden alle,
alle ha-ha-ha,
Fische, Fische sein.«

Da wandte sich der Gutsherr an den Bauern, tippte sich an die Stirne und sagte: »Bauer, Bauer, mir scheint, mir scheint...«

Aber ehe er noch ausreden konnte, unterbrach ihn die Bäuerin und fuhr lautstark in ihrer Erzählung fort. »Den Hecht, den nahmen wir aus der Falle. Dann kamen wir zum Fluß. Ich zog das Netz heraus: Und seht, in ihm saß ein Wasserhase.«

Dem Gutsherren blieb, als er das hörte, das Wort im Halse stecken, die Handwerker und Bauern aber murmelten und riefen wieder wie im Chor:

»Im Netz, im Netz,
was hat sich in dem Netz
ge-fan-gen?
Gefangen, gefangen, gefangen
hat sich im Netz
ein Has',
Wasserhas',
macht sich naß,
ist schon naß,
ha-ha, hahaha,
naß, naß ist der
Wa-a-asserhas'.«

»Ist das Weib von Sinnen?« rief der Gutsherr.

Die Leute aber schlugen sich auf die Schenkel und an die Brust und sangen:

»Ach, die Frau, ach, die Frau
weiß wohl nicht genau,
wie's in ihrem Kopfe ist,
ha, haha, hahaha,
einen klaren Sinn vermißt.

B.Ob.

Wasserhas',
ist schon naß,
Fallenhecht,
ist schon recht,
und auch noch Plinsenbäume,
sag mir, sag mir, daß ich träume,
ha, hahaha, hahaha.
Wasserhas'
und Fallenhecht,
macht mich naß,
Wasserhas',
und nicht schlecht,
und nicht schlecht:
ein Wasser-wa-wasser-
fallen-Hecht.«

Und schon sprudelte es weiter aus der Bäuerin hervor: »Den Has' und den Hecht haben wir mitgenommen, Herr, dann sind wir zum Loch gekommen, das mein Mann gegraben hatte, und haben den Schatz herausgeholt. Der Schatz war schwer. Wir haben geschleppt, als wir den Schatz heimtrugen, das kann ich Euch sagen. Aber als wir an Eurem Haus vorbeikamen, da haben Euch grade die Teufel gewürgt, und Ihr habt geschrien, daß mir die Beine gezittert haben. Und die Teufel haben geschrien, daß mir der kalte Schweiß ausgebrochen ist. Und dann sind wir vor lauter Angst gelaufen, bis wir zu Hause waren.«

Das aber war dem Gutsherren zuviel. Er stürzte vor, packte die Frau am Rock und zerrte an ihr. Er schäumte vor Wut und rief: »Nun ist mein Geduldsfaden gerissen. Hinaus, hinaus, sag' ich, damit ich dich nicht eigenhändig verprügeln muß. Glaubst du, daß ich mich vor dem halben Dorf verspotten lasse? Glaubst du, daß ich mir das auf meinem Hof bieten lassen muß? Das, das ist mir noch nie, nie vorgekommen. Du glaubst wohl, du könntest mich mit Plinsenwolken einwickeln und mir Fallenhechte und Wasserhasen auftischen. Da bist du an den Falschen geraten. Kein Wort von dem, was du sagst, ist wahr. Alles Schwindel, aufgesetzter Schwindel.«

Der Gutsherr mußte Luft holen und setzte kurz aus. Da trat der Bauer einen Schritt vor und sagte ganz gelassen: »Hab' ich's Euch nicht gesagt? Wer soll mit dem Geschwätz dieser Frau etwas anfangen? Ihr habt sie nur einmal anhören müssen. Ich aber trag' ihr Gerede schon ein Leben lang. Sie hat Einfälle und Einbildungen, mein Herr, denen man nicht über den Weg trauen darf. Und wenn sie einen wie Euch auch noch nachts in den Wald führen will, dann ist Vorsicht am Platze. Nehmt es ihr nicht übel, sie kann nicht anders, und bitte, bedenkt, ich höre ihr jeden Tag zu, muß ihr jeden Tag zuhören. Ihr aber hattet nur einmal das Vergnügen.«

»Hör auf damit«, antwortete der Gutsherr. »Ja, die Plage sieht man dir an. Und wenn ich ehrlich bin, so muß ich sagen: In deiner Haut möchte ich nicht stecken. Drum nimm sie wieder mit. Mach, daß du weiterkommst, trag dein Kreuz nach Hause, und kommt mir beide nicht mehr unter die Augen!«

Da nahm der Bauer seine Frau am Arm und zog sie fort. Er sagte zu ihr: »Tatjana, Frauchen, du siehst, wir werden hier nicht mehr gebraucht. Gehn wir nach Haus' und sehen nach, was in unserem Häuschen für uns zu finden ist.«

Und er beugte sich zum rechten Ohr

seiner Frau und flüsterte: »Es könnte sein, daß zu Hause für uns was glitzert und glänzt. Meinst du nicht auch?«

Dann blinzelte er ihr zu, und beide verließen den Hof des Gutshauses.

Der Gutsherr schüttelte den Kopf über so viel Unverstand, die Leute aber riefen dem Bauern und seiner Frau nach:

»Ach die Frau, ach die Frau,
weiß wohl nicht genau,
wie' s in ihrem Kopfe ist,
ha, haha, hahaha,
einen klaren Sinn vermißt,
Wasserhas',
ist schon naß.
Fallenhecht,
ist schon recht,
und auch noch Plinsenbäume,
sag mir, sag mir, daß ich träume,
ha, haha, ha-hahaha,
sag mir, sag mir, ob ich träume.«